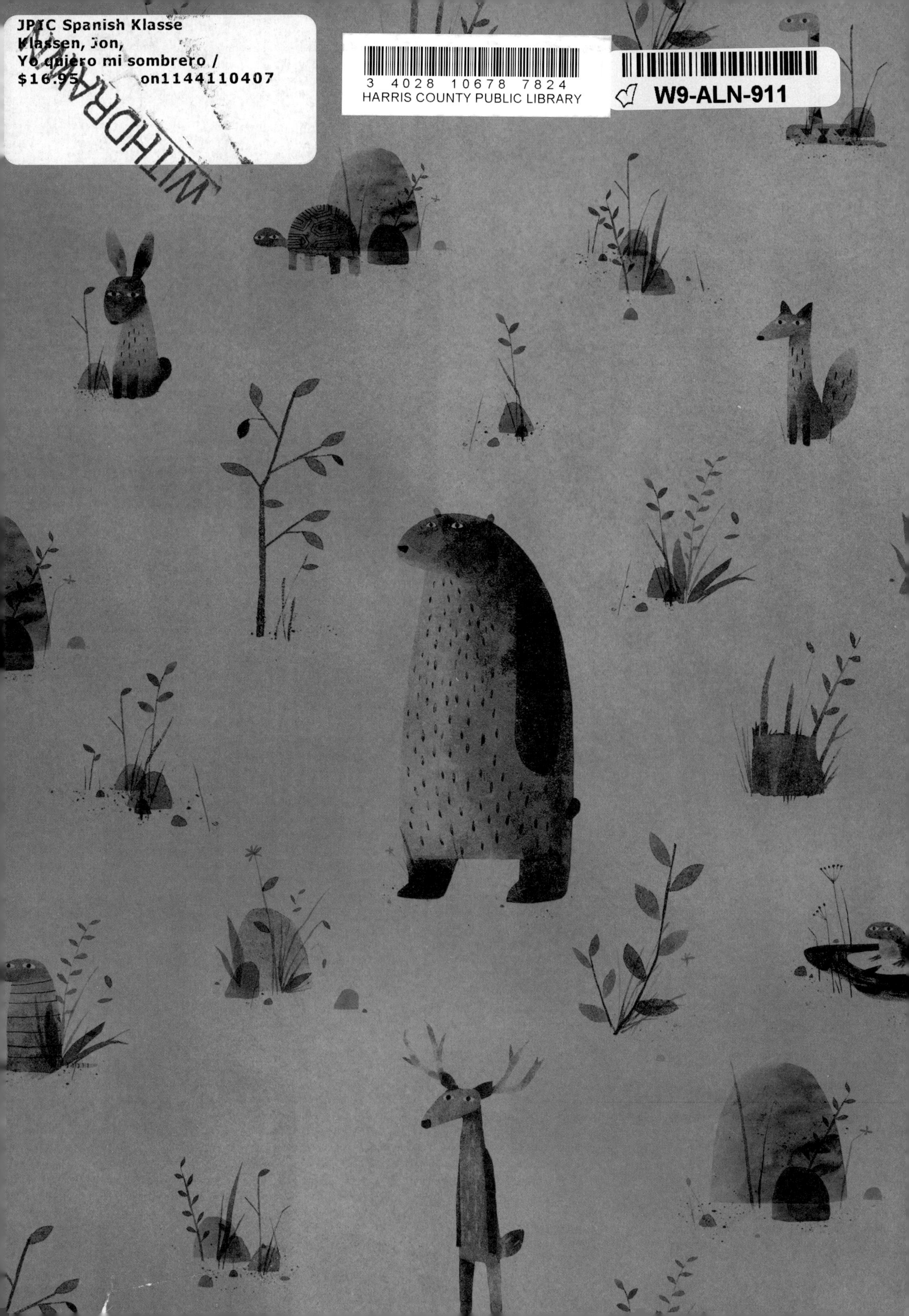

Para Will y Justin

Yo quiero mi sombrero

NubeOcho
www.nubeocho.com · info@nubeocho.com

© del texto y las ilustraciones: Jon Klassen, 2011
© de la traducción: Marta Fernández Marcos y Luis Amavisca, 2020
© de esta edición: NubeOcho, 2020

Título original: *I Want My Hat Back*

Primera edición: septiembre 2020
ISBN: 978-84-18133-24-4

Publicado de acuerdo con Walker Books Ltd, 87 Vauxhall Walk,
London SE11 5HJ.

Impreso en China.

YO

QUIERO

MI

SOMBRERO

JON KLASSEN

¿Dónde está mi sombrero?
No lo encuentro.

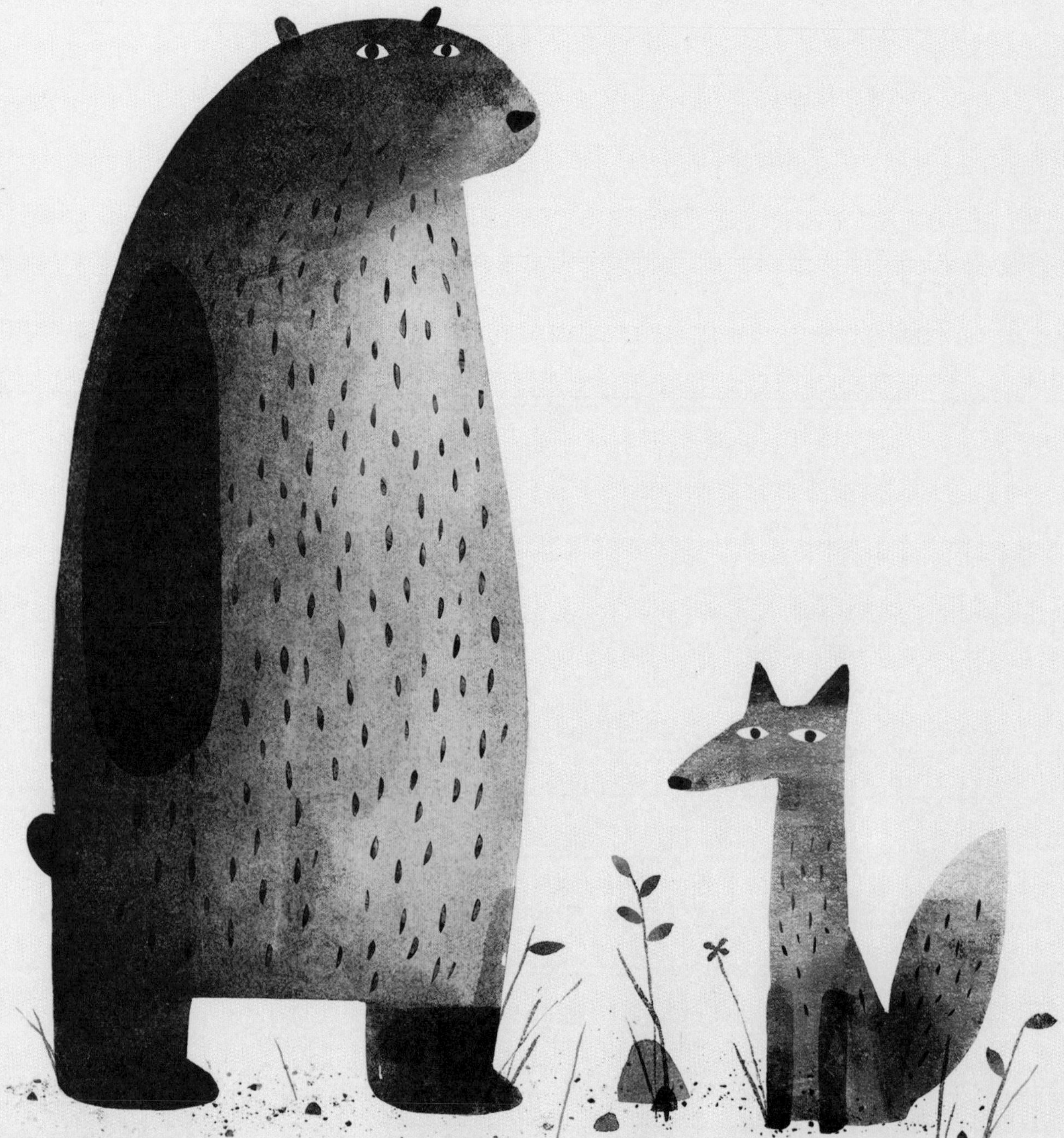

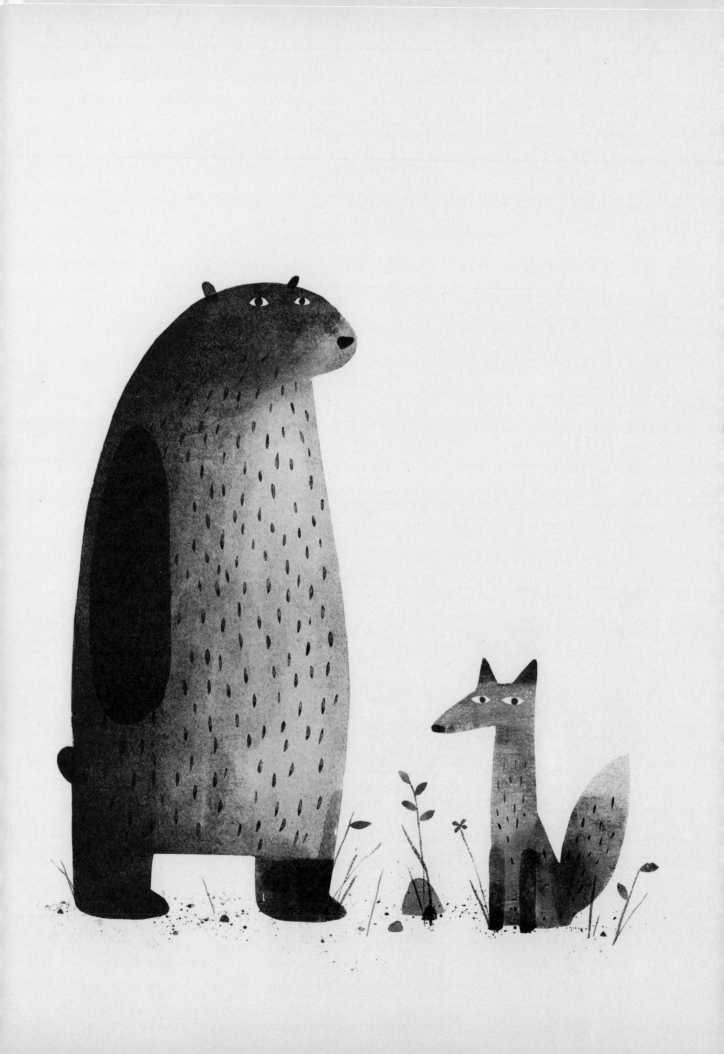

¿Sabes dónde está mi sombrero?

Yo no vi ningún sombrero.

Gracias. Adiós.

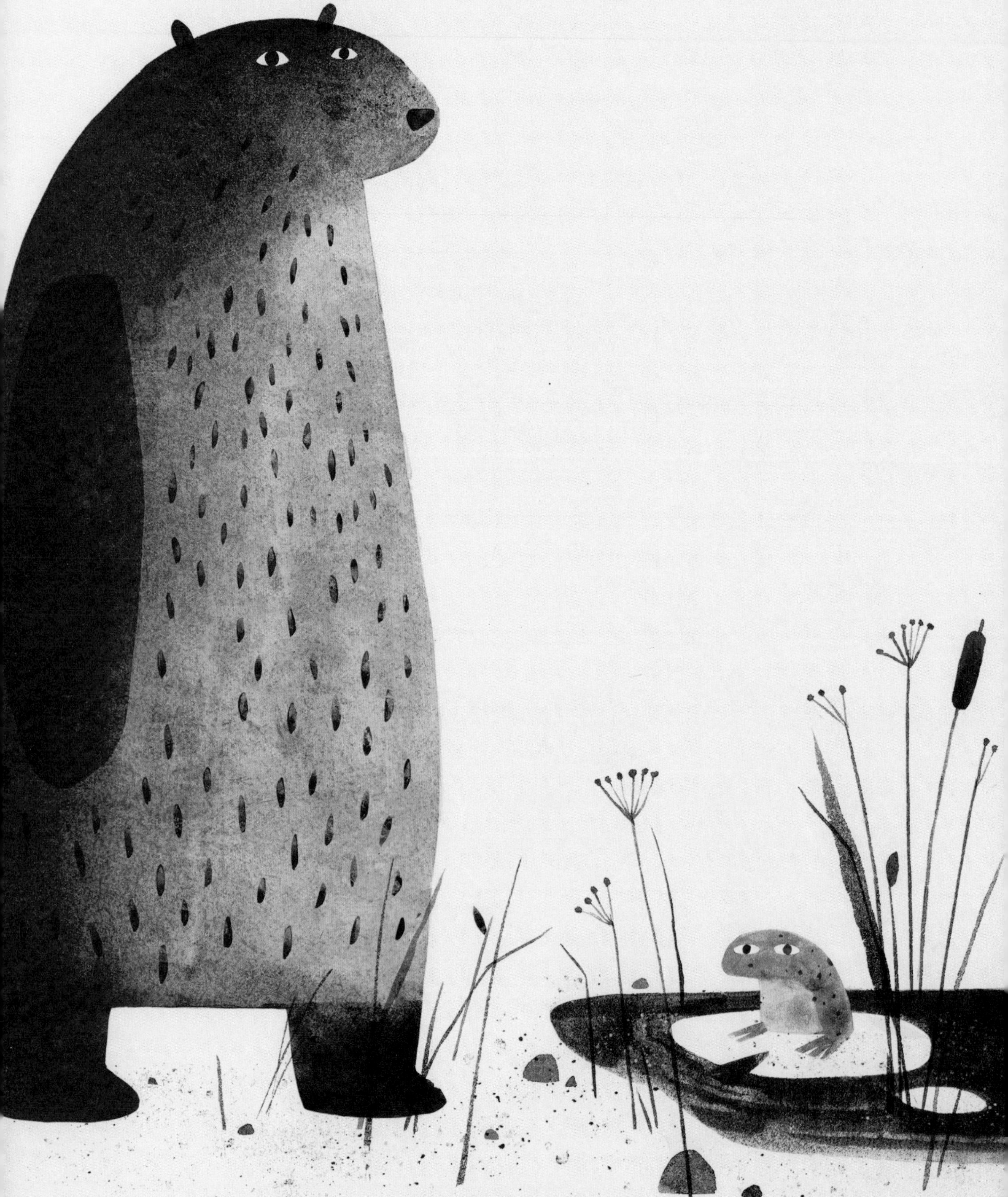

¿Sabes dónde está mi sombrero?

Yo no vi ningún sombrero
por aquí.

Gracias. Adiós.

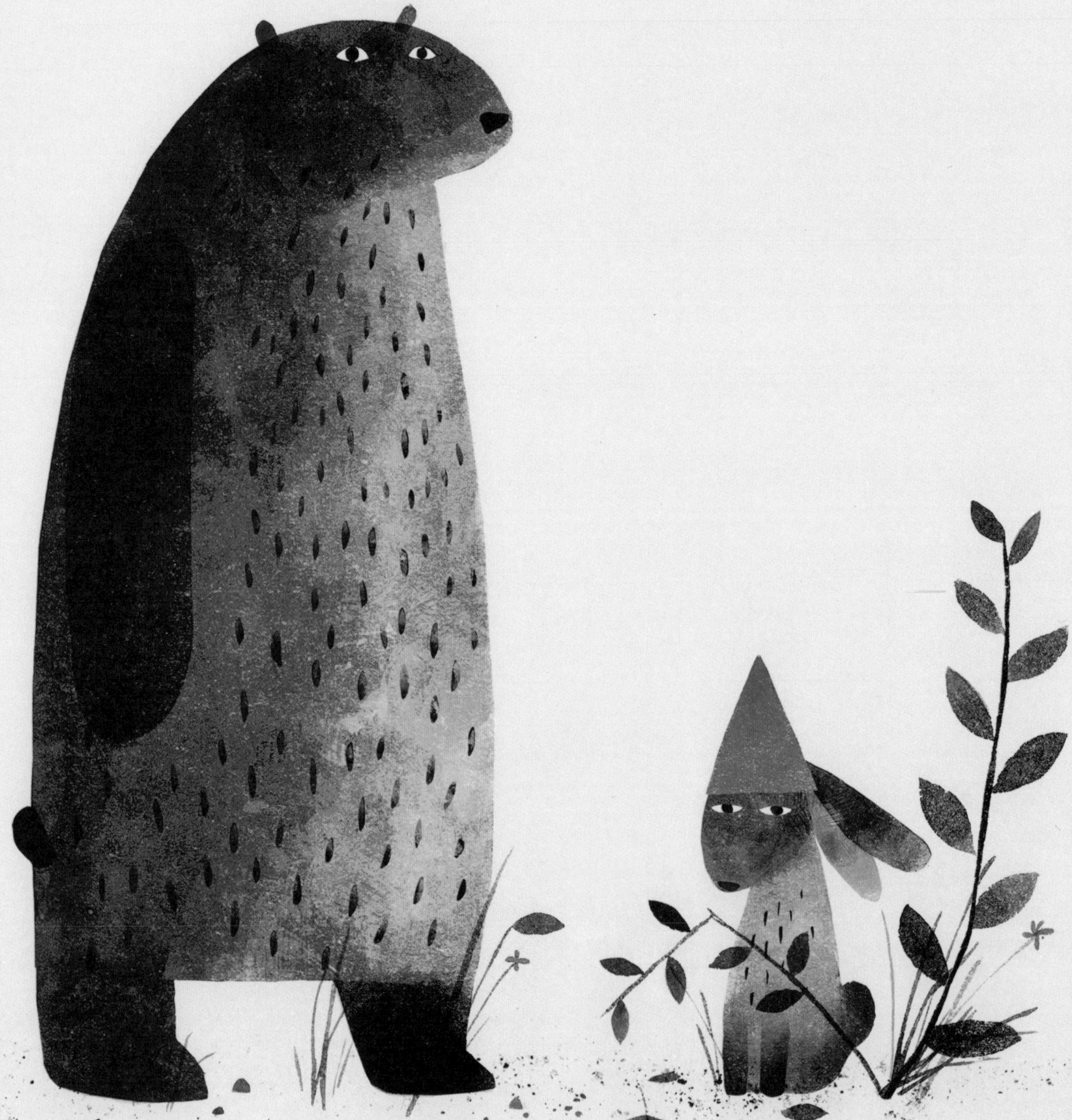

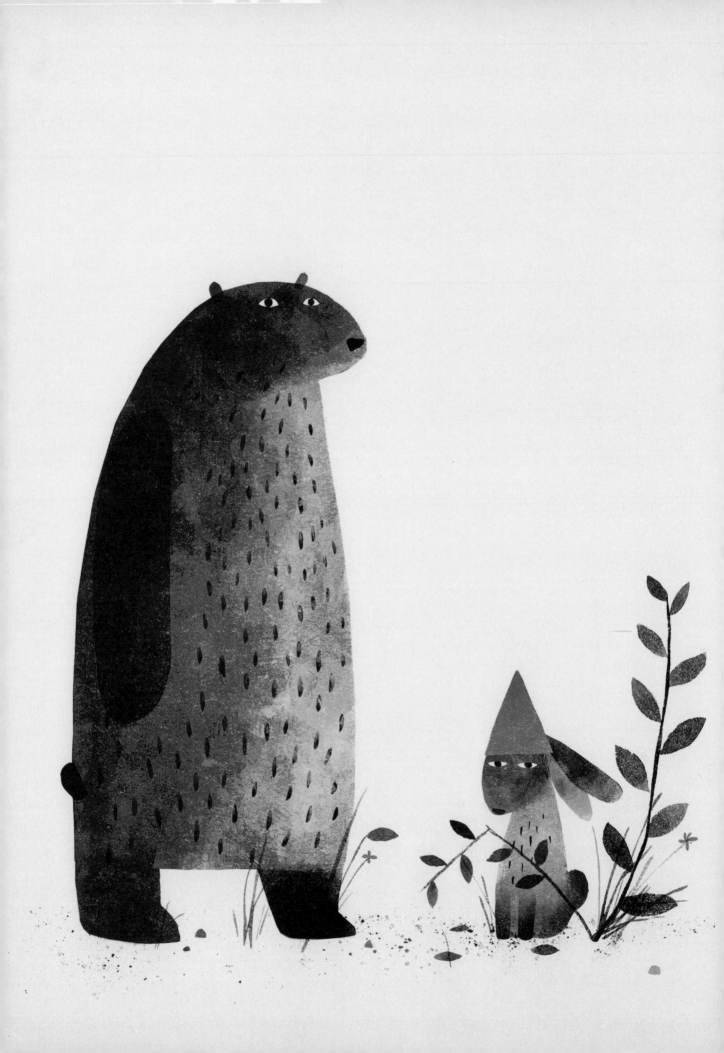

¿Sabes dónde está mi sombrero?

No. ¿Por qué me preguntas a mí?
Yo no vi ningún sombrero.
Yo nunca robaría un sombrero.
No me hagas más preguntas.

Gracias. Adiós.

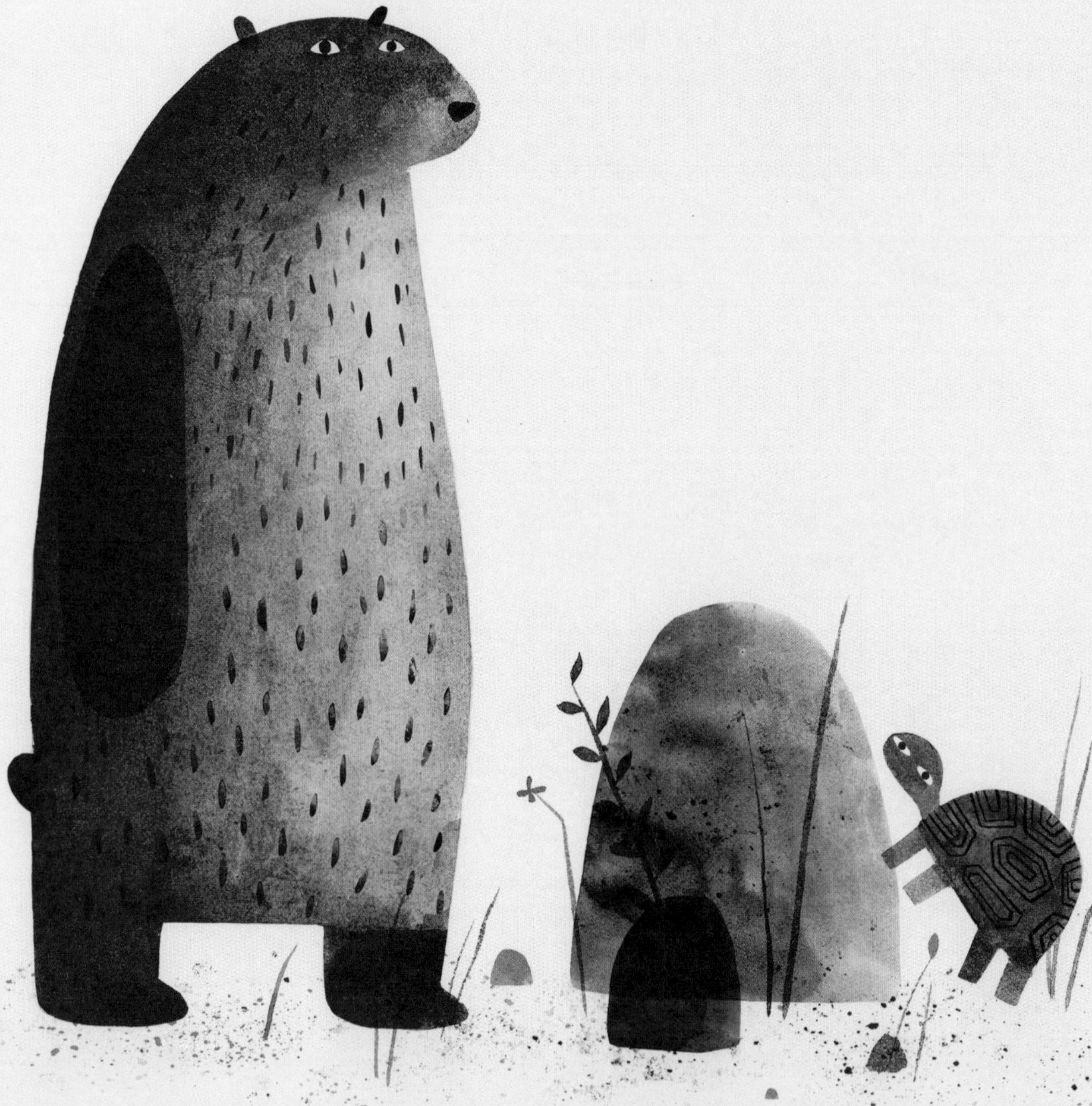

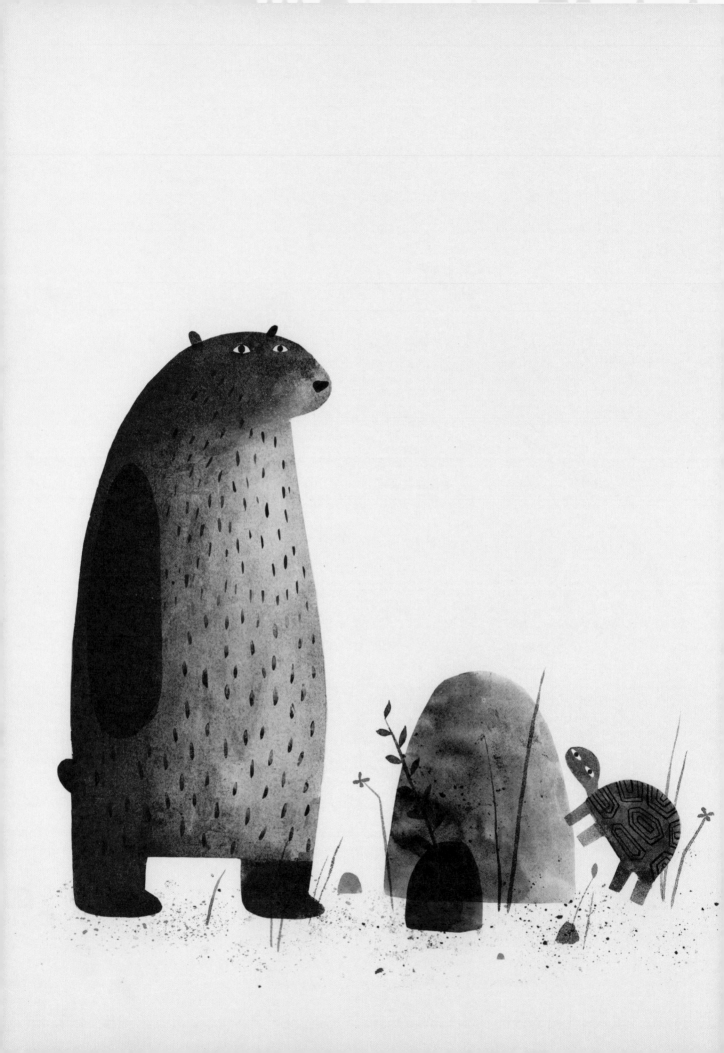

¿Sabes dónde está mi sombrero?

Estoy intentando escalar
esta roca. No vi nada más
en todo el día.

¿Quieres que te ayude a subirla?

Sí, por favor.

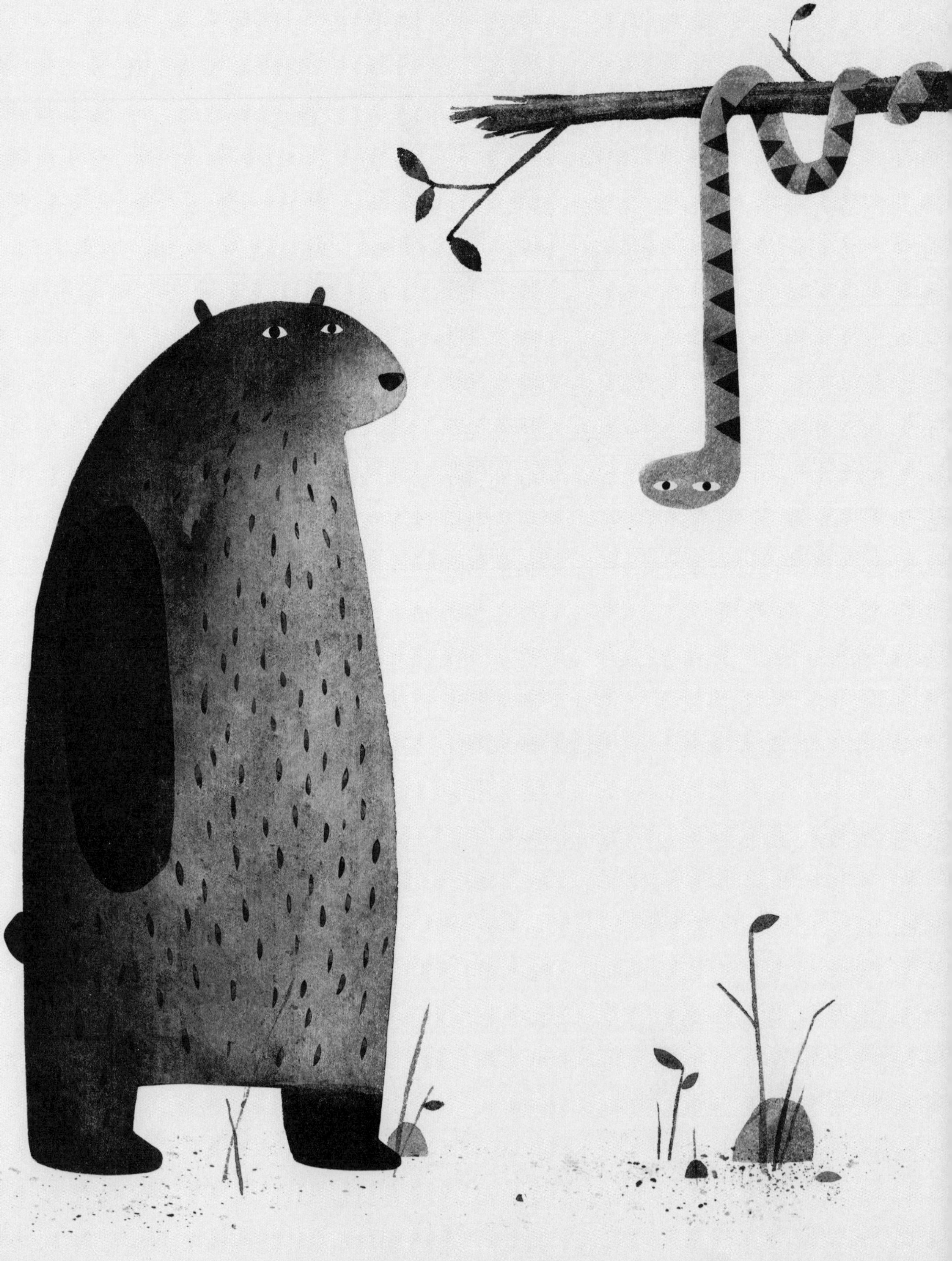

¿Sabes dónde está mi sombrero?

Hace tiempo vi un sombrero.
Era azul y redondo.

Ese no es mi sombrero.
Gracias. Adiós.

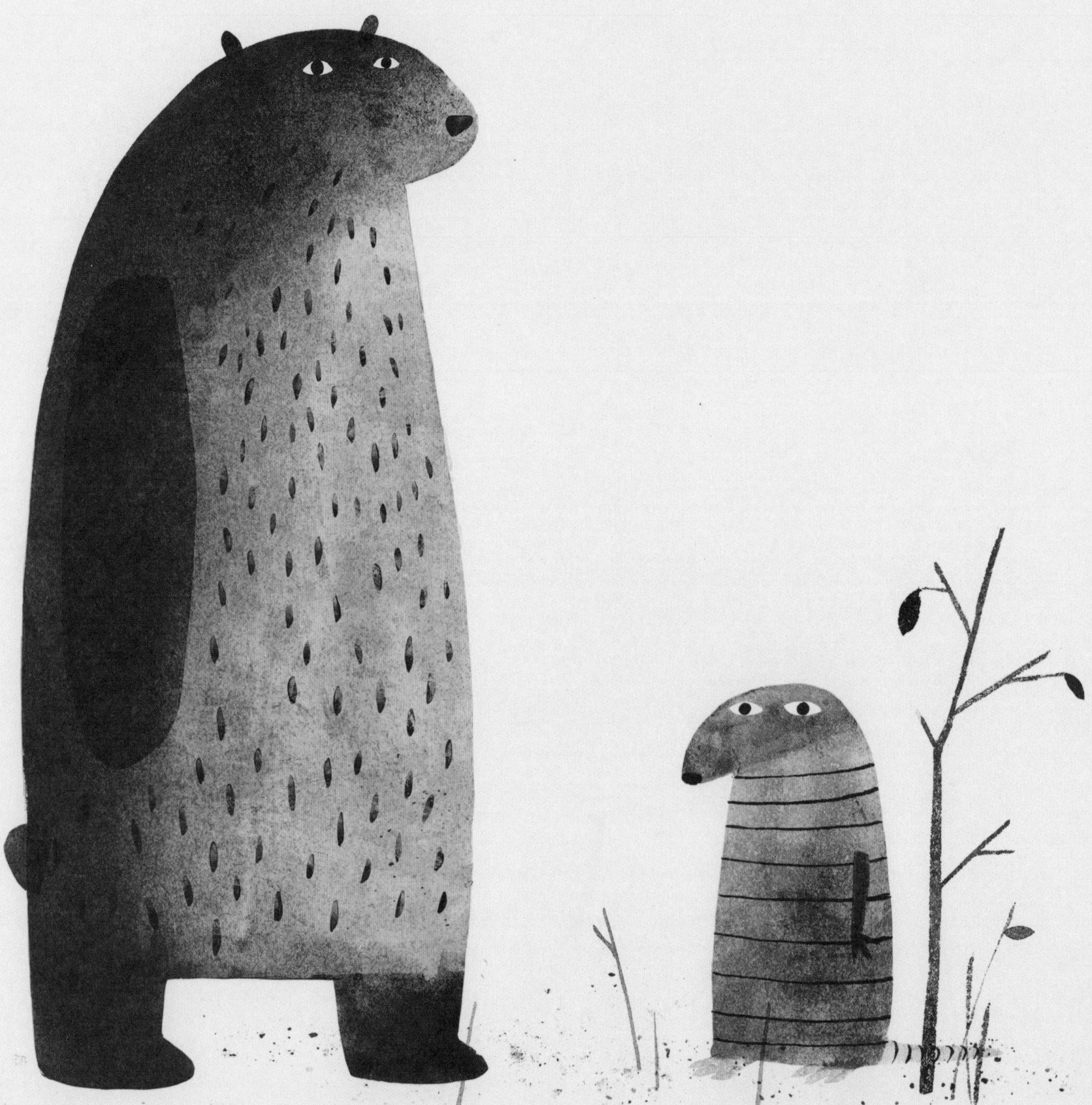

¿Sabes dónde está mi sombrero?

¿Qué es un sombrero?

Gracias. Adiós.

Nadie vio mi sombrero.
¿Y si nadie lo encuentra?
¿Y si ya no lo vuelvo a ver?

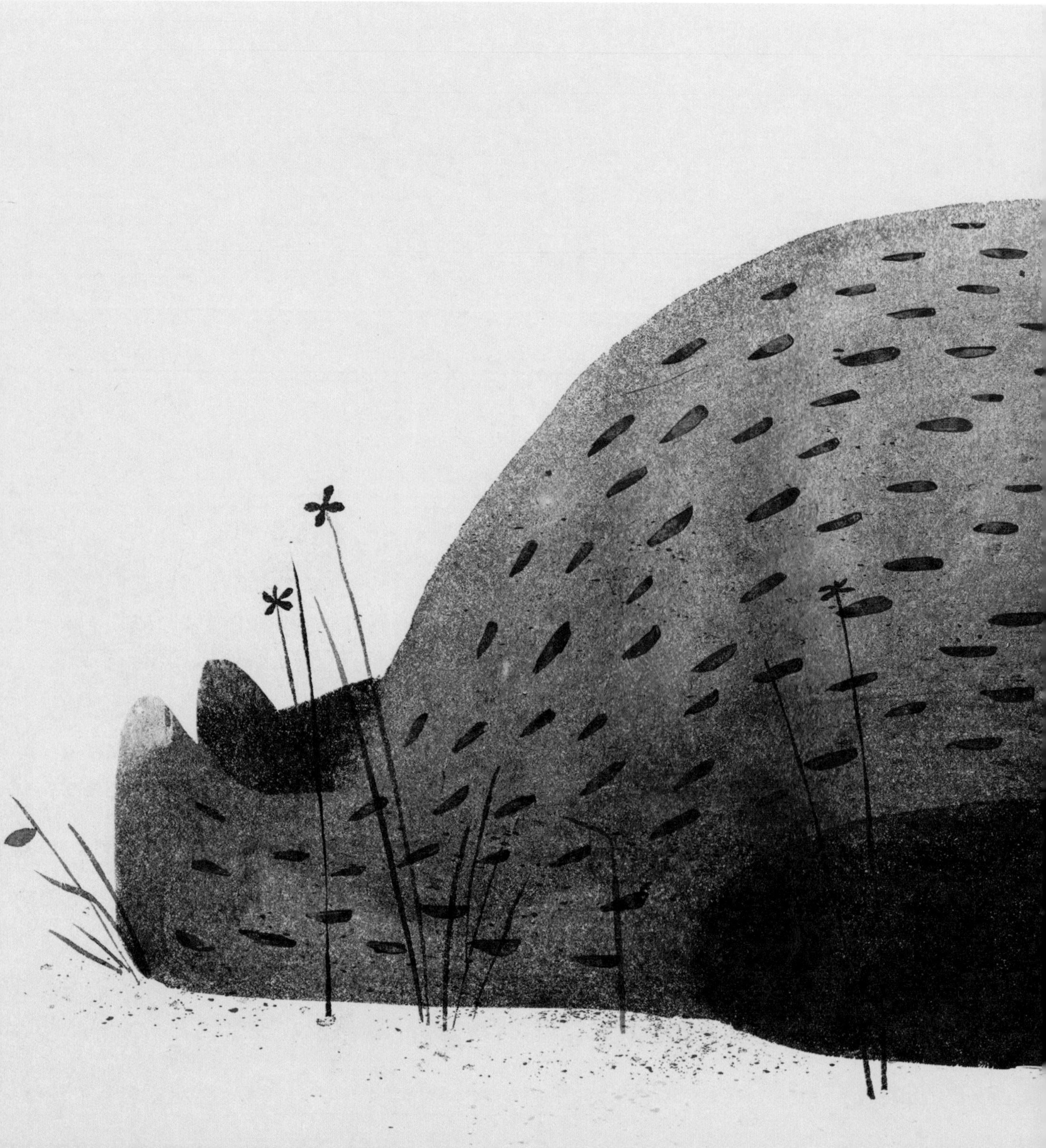

Mi bonito sombrero…
Lo extraño mucho.

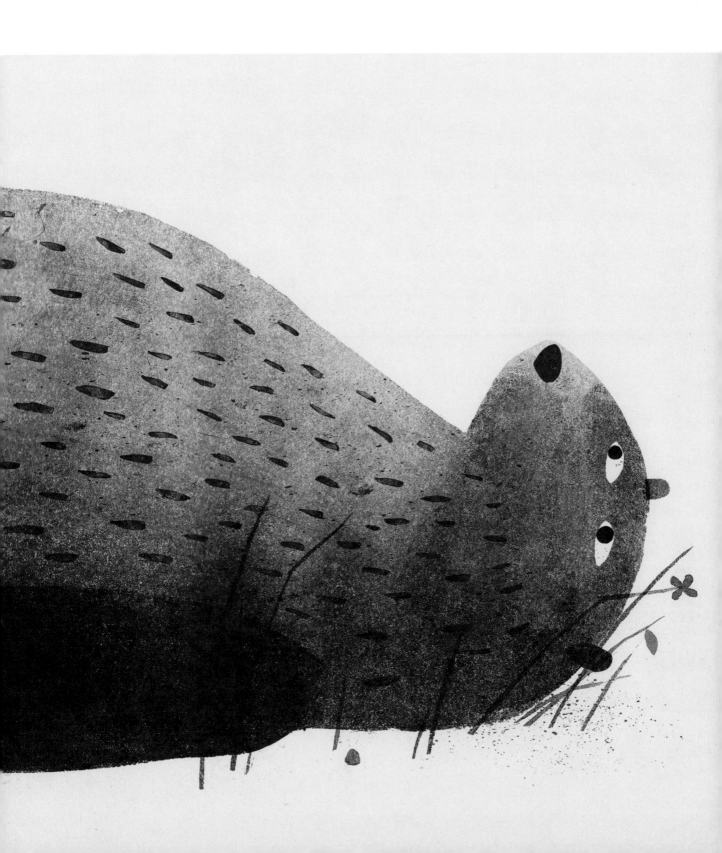

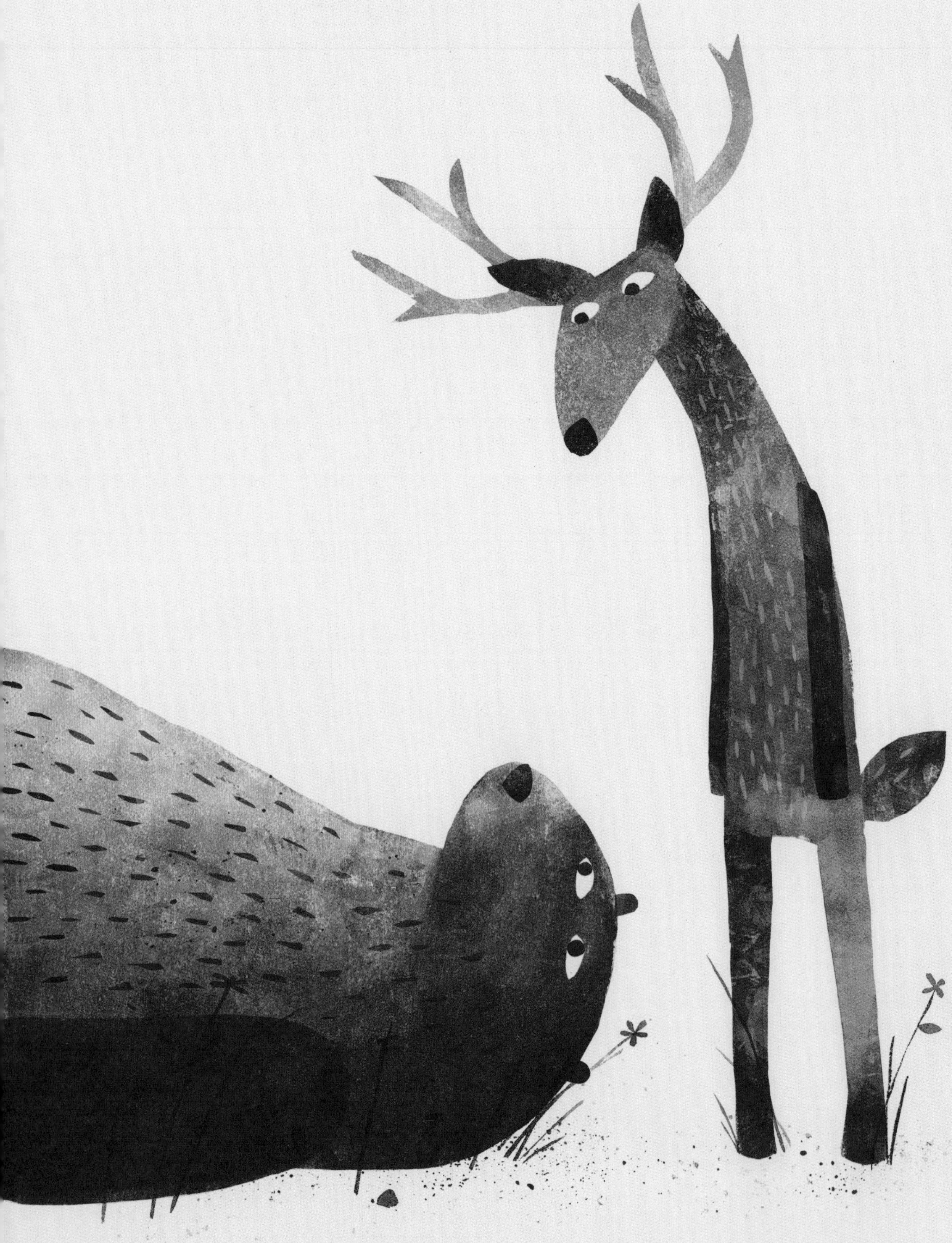

¿Estás bien?

No. Perdí mi sombrero
y nadie lo vio...

¿Cómo es tu sombrero?

Es rojo, y puntiagudo, y...

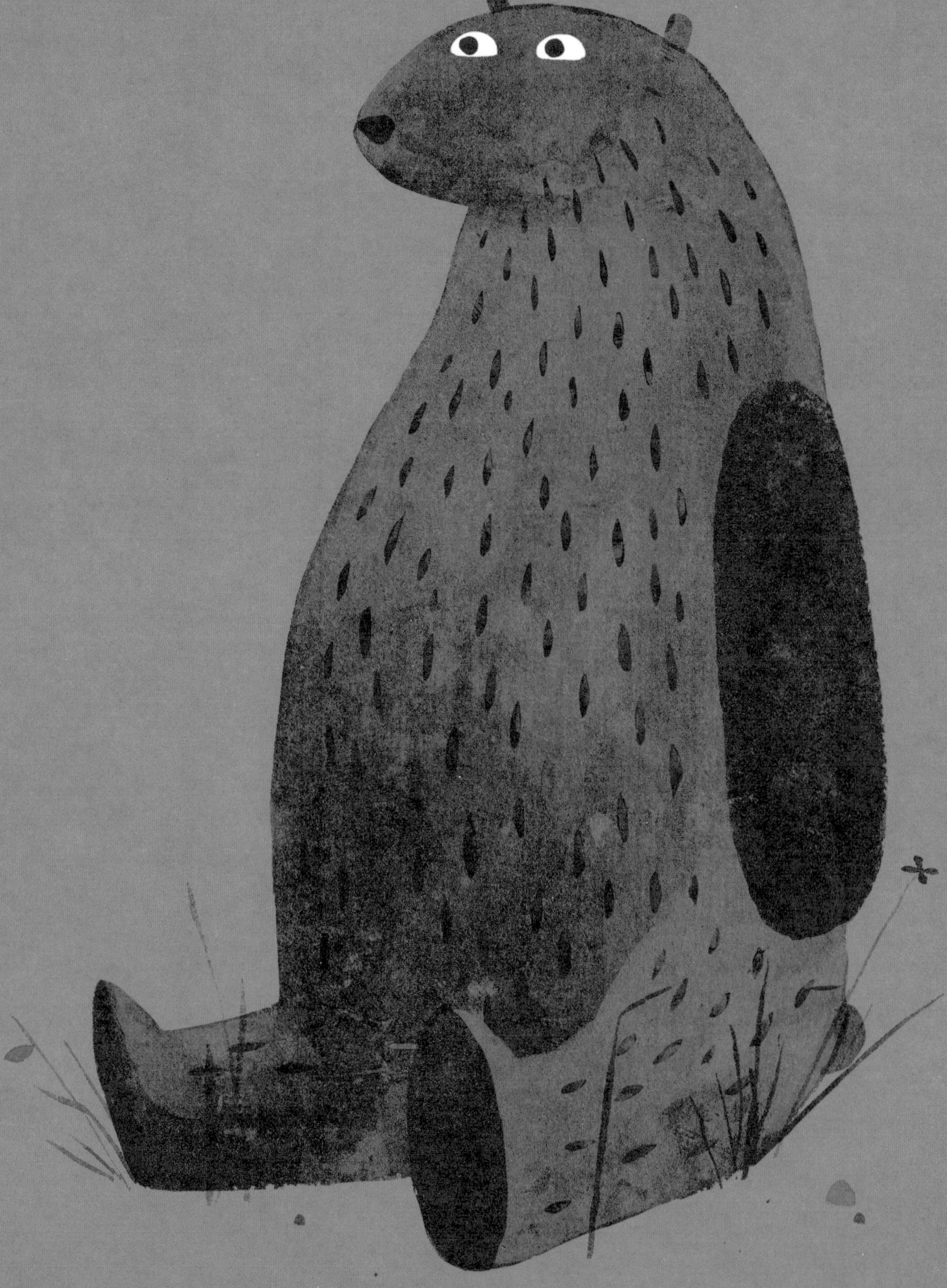

¡UN MOMENTO!
¡YO SÉ QUIÉN TIENE
MI SOMBRERO!

¡FUISTE TÚ!
¡TÚ ROBASTE MI SOMBRERO!

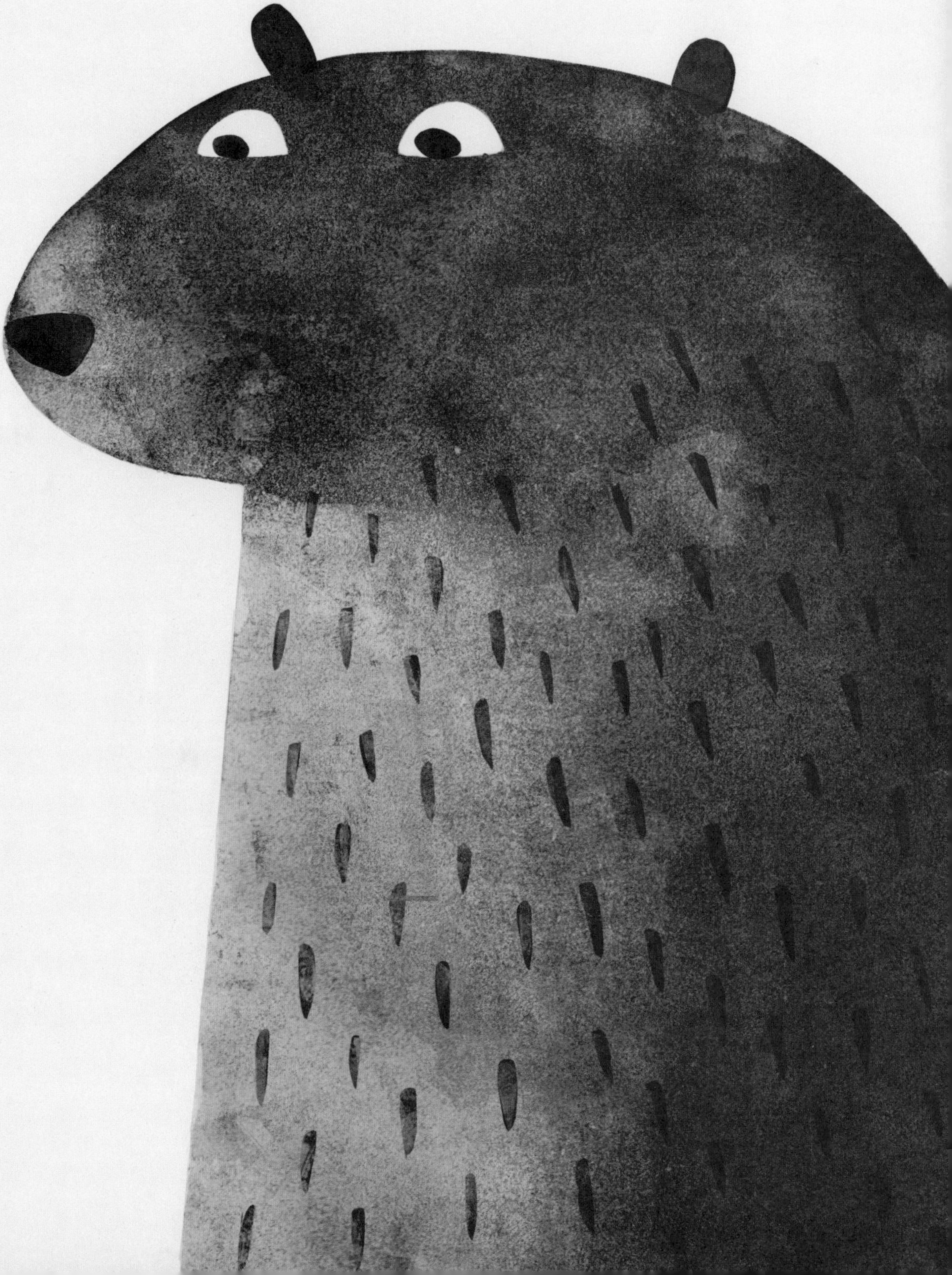

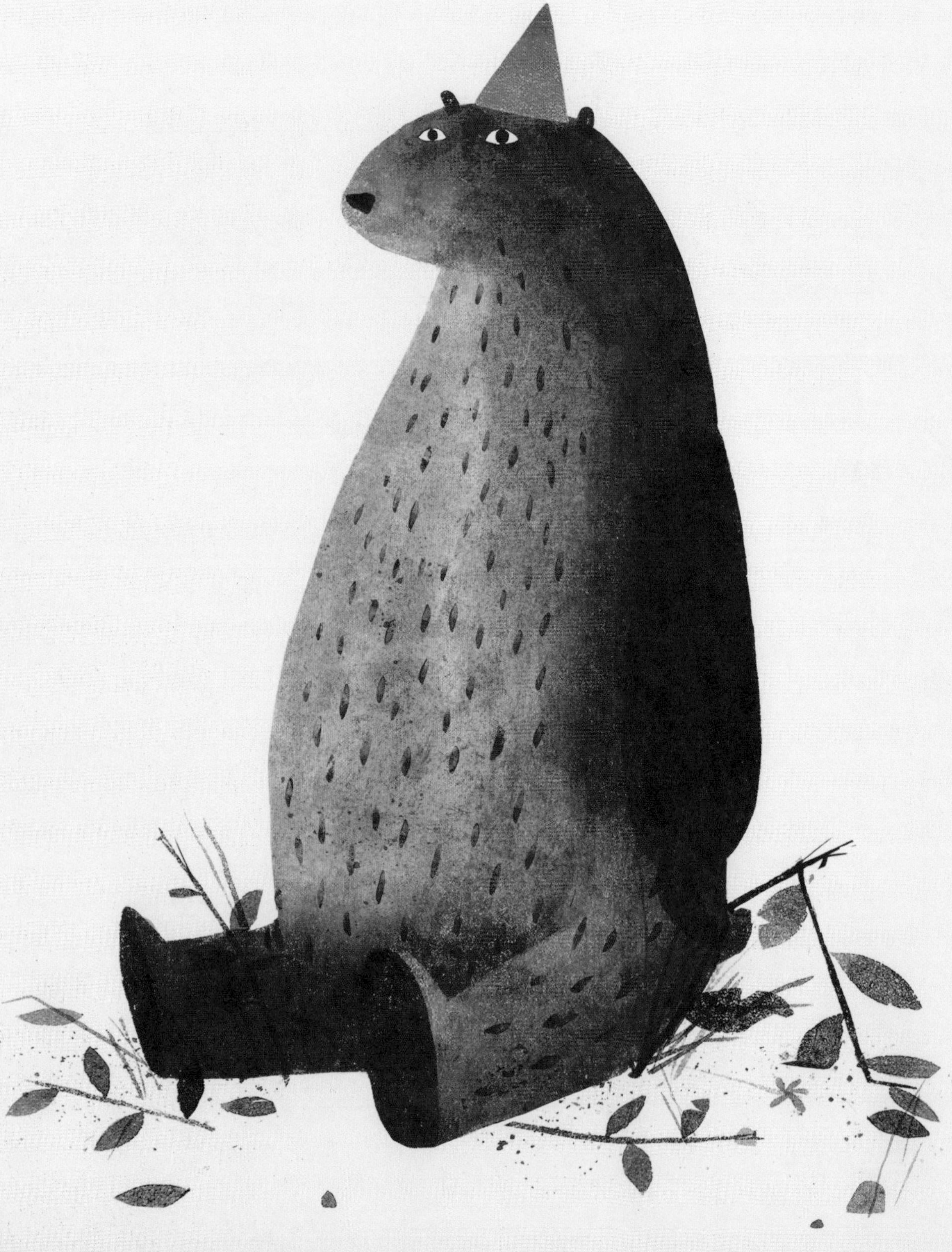

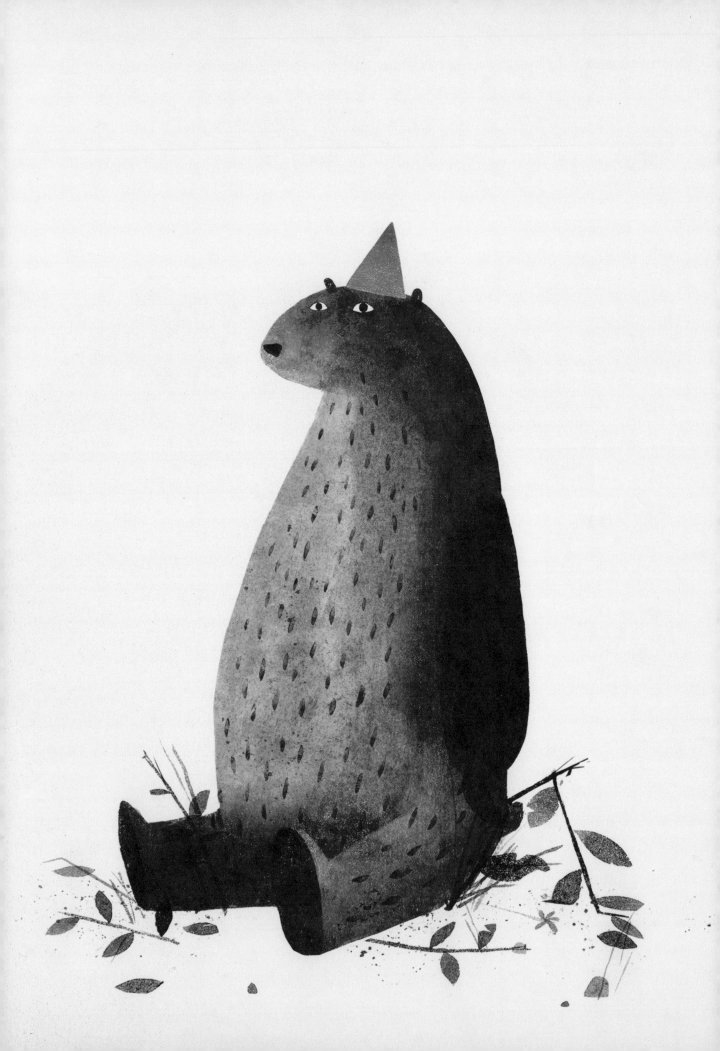

Me encanta mi sombrero.

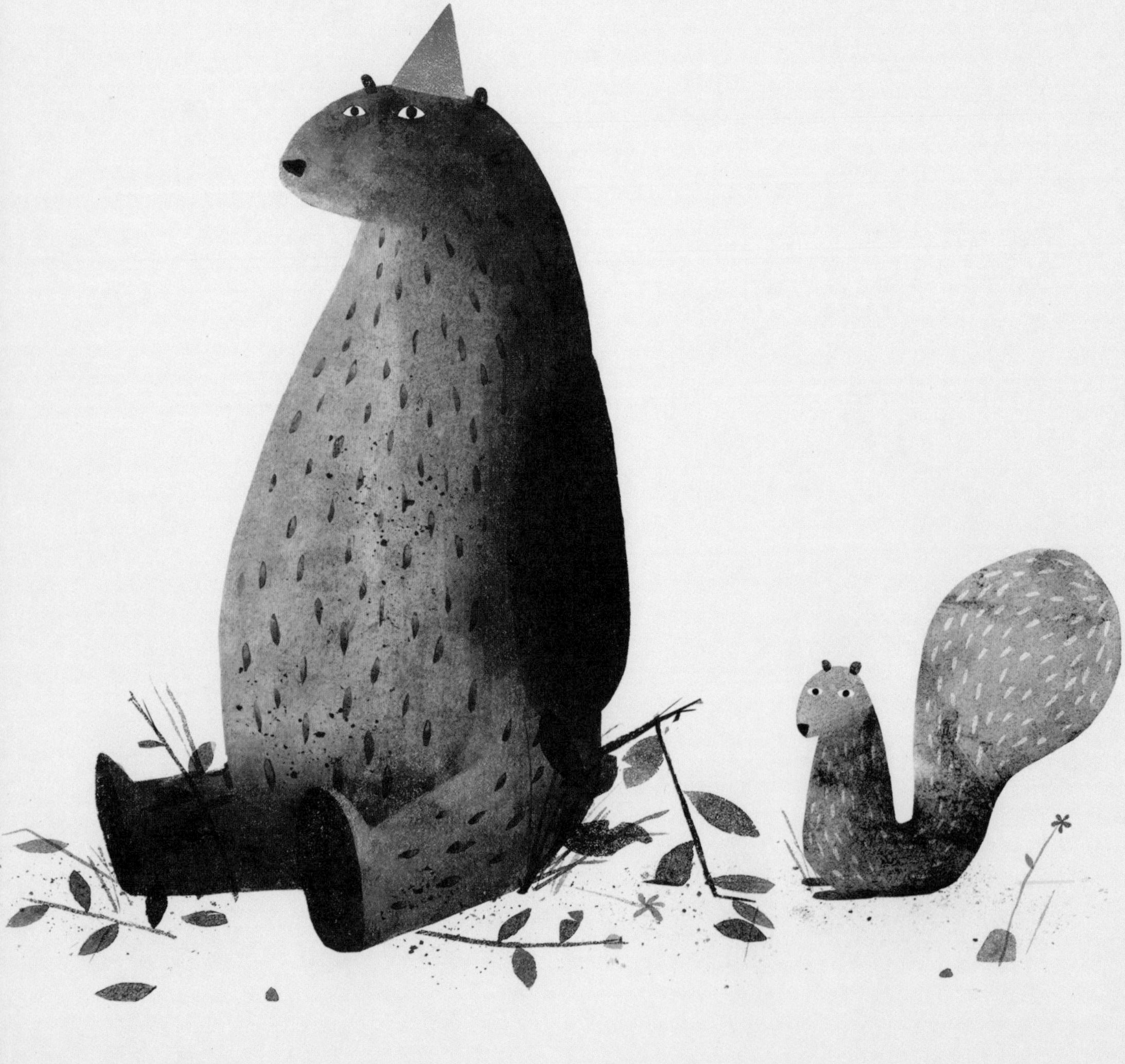

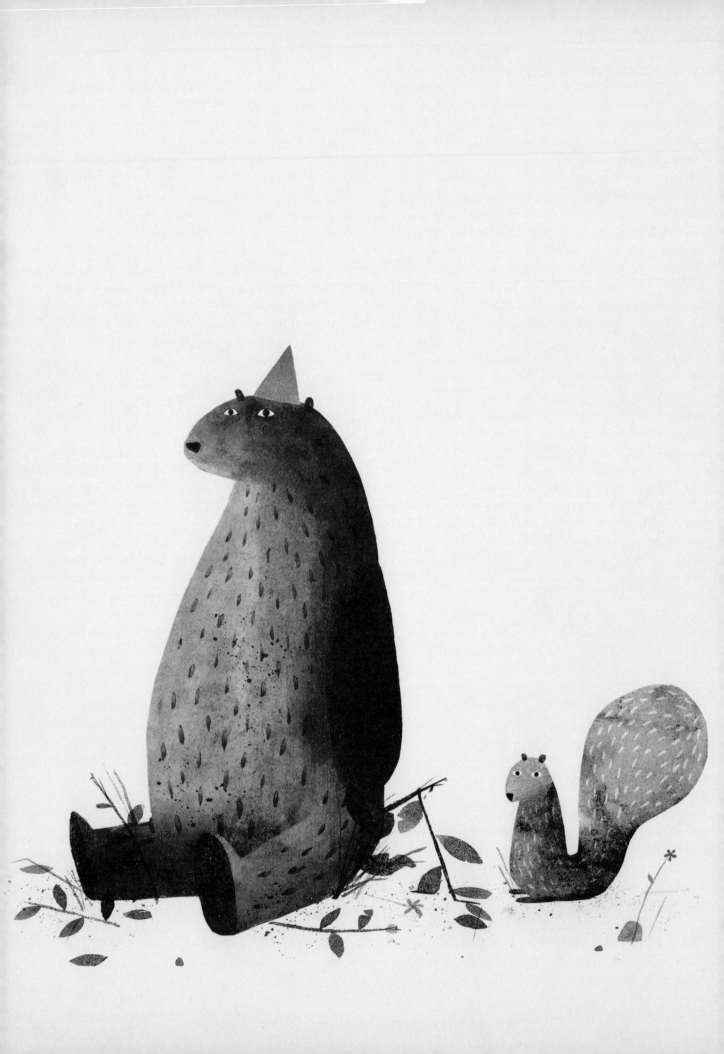

Perdona, ¿viste un conejo
con un sombrero?

¿Por qué me preguntas a mí?
Yo no sé dónde está.
No vi ningún conejo por aquí.
Yo nunca me comería un conejo.
No me hagas más preguntas.

Gracias. Adiós.

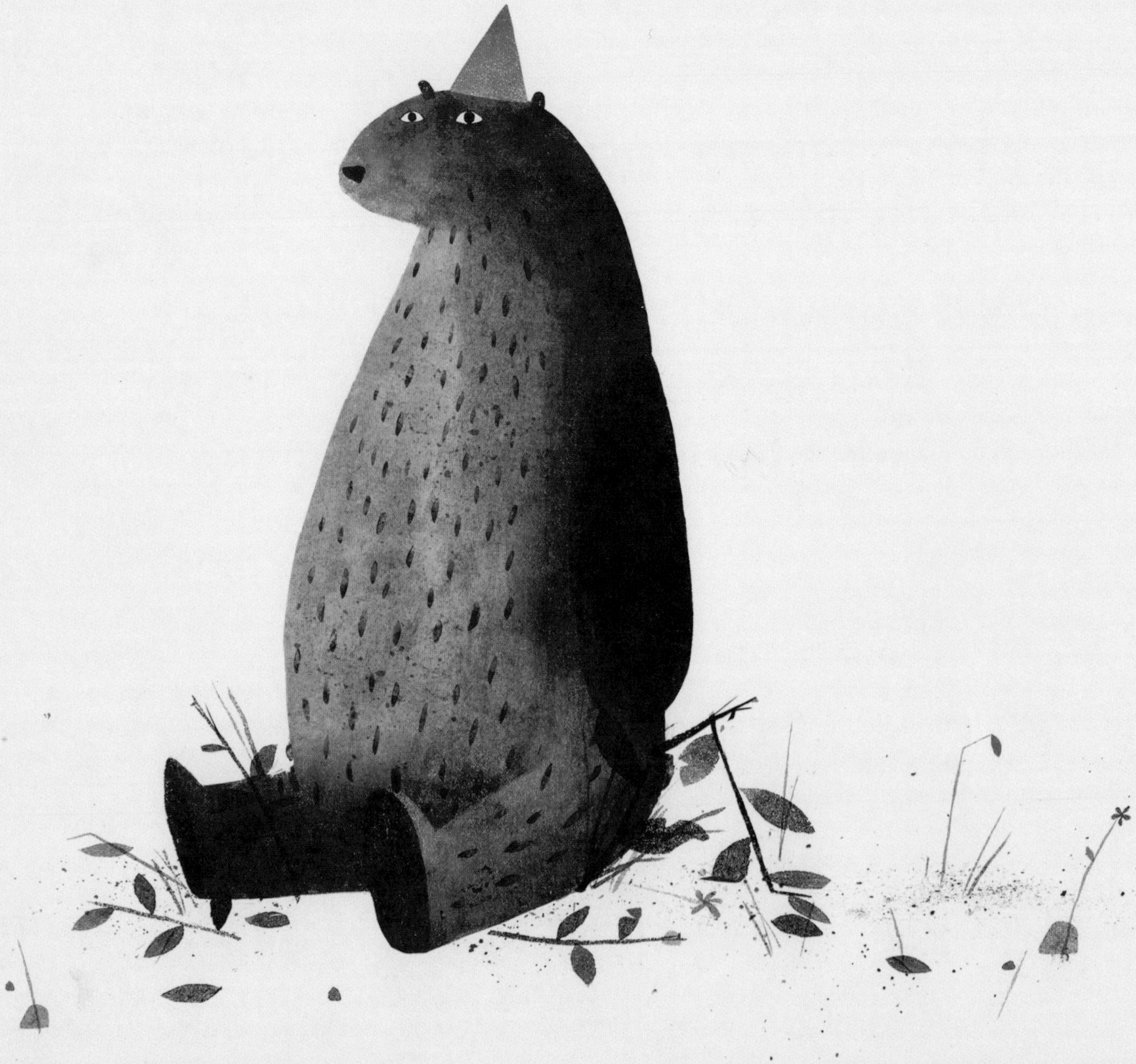

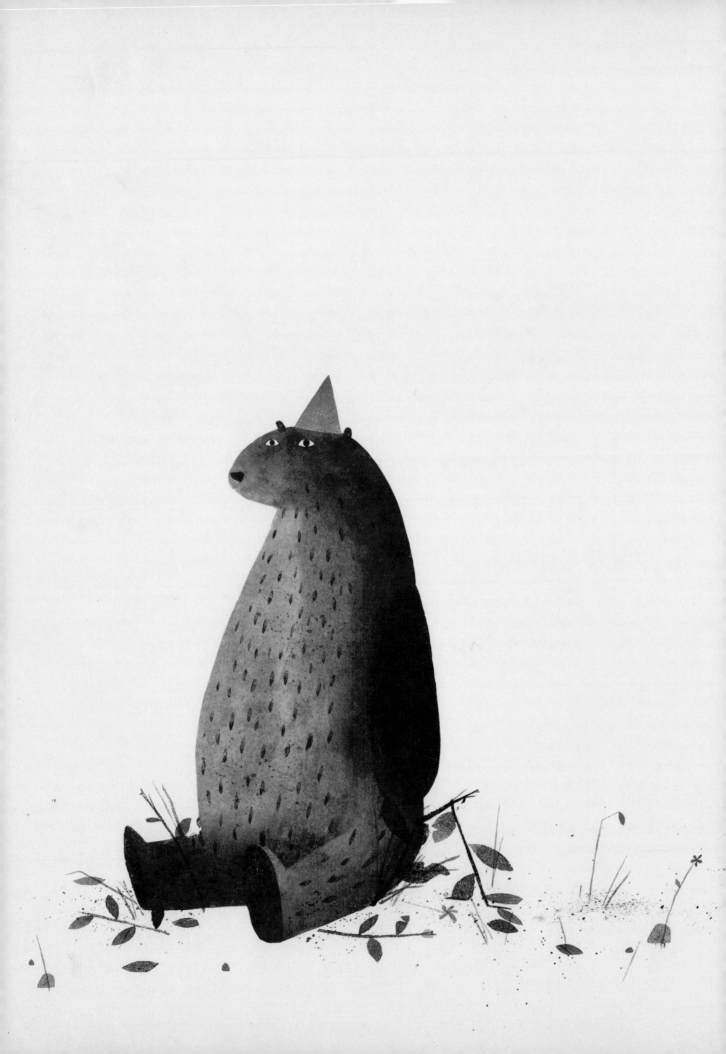

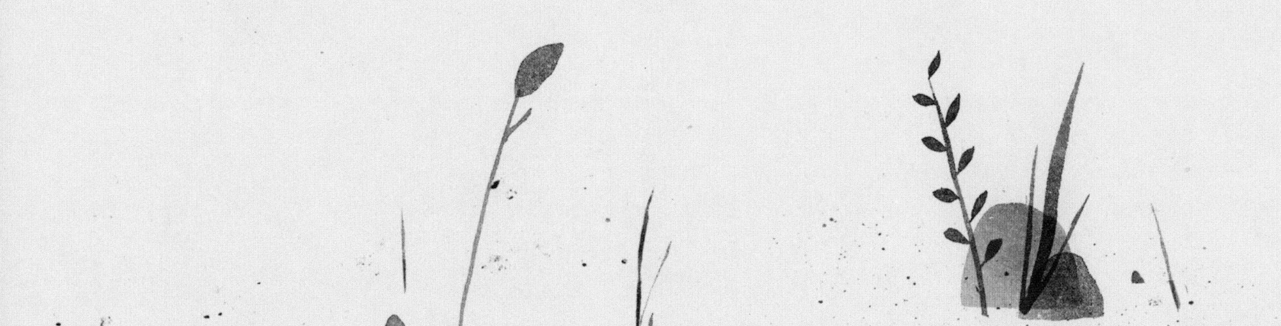

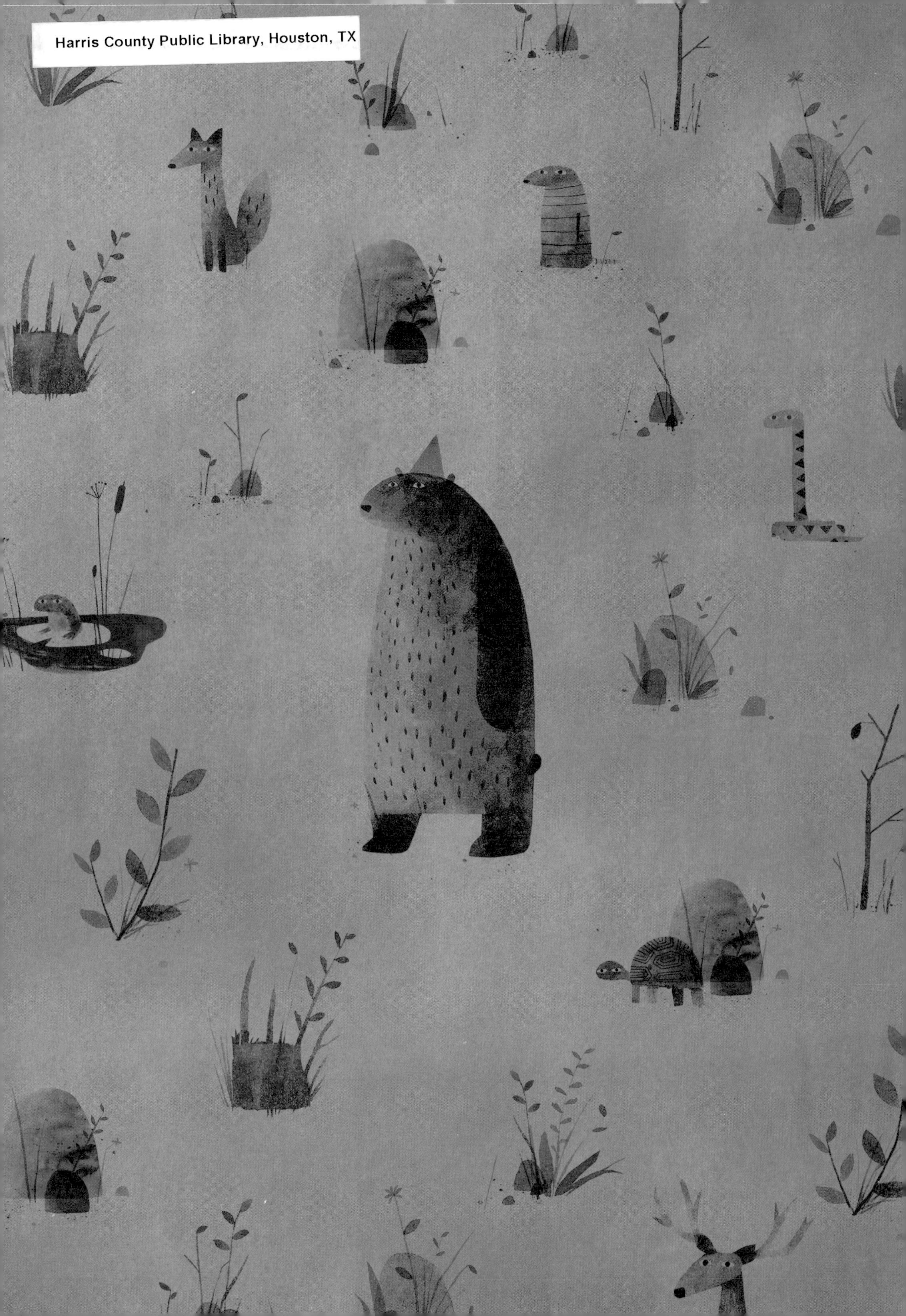